말하자면 길지만

김남호
1961년 경상남도 하동에서 태어났다.
2002년 『현대시문학』을 통해 문학평론가로, 2005년 『시작』을 통해 시인으로 등단했다.
시집 『링 위의 돼지』 『고래의 편두통』 『두근거리는 북쪽』 『말하자면 길지만』, 디카시집 『고
단한 잠』, 평론집 『불통으로 소통하기』 『깊고 푸른 고백』을 썼다.
현재 박경리문학관 관장을 맡고 있다.

파란시선 0133 말하자면 길지만

1판 1쇄 펴낸날 2023년 10월 15일
지은이 김남호
디자인 최선영
인쇄인 (주)두경 정지오
펴낸이 채상우
펴낸곳 (주)함께하는출판그룹파란
등록번호 제2015-000068호
등록일자 2015년 9월 15일
주소 (10387) 경기도 고양시 일산서구 중앙로 1455 대우시티프라자 B1 202-1호
전화 031-919-4288
팩스 031-919-4287
모바일팩스 0504-441-3439
이메일 bookparan2015@hanmail.net

ⓒ김남호, 2023, printed in Seoul, Korea

ISBN 979-11-91897-65-4 03810

값 12,000원

말하자면 길지만

김남호 시집

시인의 말

오랫동안 말을 비틀기만 했다.
그래야 시가 된다고 믿었으니까.
이번에는 그 믿음을 허물고 말을 폈다.
펴놓고 보니 마른걸레처럼 볼품없다.
이것으로 무엇을 훔칠 수 있을까.

차례

제1부

뱀

깜짝 놀란 내가

짧게,

비명을 지르자

그는 얼마나 놀랐던지

기다란

비명을 물고

다음 비명까지

가 버렸다

북천

북쪽의 어느 부족은 구사하는 낱말이 몇 개밖에 안 된
대요. 아프다는 말도 그들의 사전에는 없대요. 가슴이 찢
어질 듯이 아파도 아플 수가 없대요. 낭떠러지에서 떨어
져도, 사냥 나간 가족이 죽어도, 사랑하는 사람과 헤어져
도 그들은 바위에 걸터앉아, 오늘따라 왜 이리 숨쉬기가
힘들지? 왜 이리 어지럽지? 왜 이리 살고 싶지가 않지? 자
신의 가슴팍만 두드린대요. 피눈물이 흘러도 가슴이 미어
져도 그들은 전혀 아프지가 않대요. 아무도 아프지 않아
서, 누구도 아픈 적이 없어서 병원도 신(神)도 필요가 없대
요. 신이 없으니 영혼을 거두어 줄 자가 없어서 죽을 수도
없대요. 죽은 적이 없으니 산 적도 없대요. 살아도 산 것
같지 않고 죽어도 죽은 것 같지 않대요. 북쪽의 어느 부족
은 아프다는 말이 없어서 그들은 어느 하루도 아프지 않은
날이 없대요. 그들은 어느 하루도 북쪽 아닌 날이 없대요.

먼 곳에 내리는 눈

그 한마디에
밤새 그네를 탔네

이쪽에서 저쪽까지
저쪽에서 그쪽까지

천국에서 지옥까지
지옥에서 지옥까지

묶였다가 풀리고 풀렸다가 묶이면서

눈보라는 친 적이 없는데

발이 빠지지 않아서
손이 펴지지 않아서

닿을 수가 없었네
그칠 수가 없었네

붉은 눈

토끼는 토끼가 되기 위해
붉은 눈알이 필요했겠지만
우리는 그때, 무엇이 되고 싶어서
붉은 눈알이 필요했을까

실핏줄 터진 눈에다
안약을 넣고 눈알을 굴려 본다
덜거덕 덜거덕
눈알 돌아가는 소리가 난다

부동자센데 왜
눈알 돌아가는 소리가 나나?
그때 그 선임하사의 귀는
아직도 밝을까?

어느 기압골에는
폭우가 내리고
어느 기압골에는
폭설이 내린다는데

그때 우리의 붉은 눈알은
지금쯤 어느 기압골을 지나고 있을까
언제쯤 태풍의 눈이 될 수 있을까

말하자면 길지만

한때는 검은 입으로
시를 말하던 시절이 있었네
오디 먹은 입처럼 시를 담았던 입을
숨길 수가 없었던 시절이 있었네
시를 안 쓰면 검게 마르던 시절이었네

시절은 속절없이 흘러
시를 말하던 입으로 소주를 마시고
소주를 마시던 입으로
거짓말을 하고

사내가 챙겨야 할 건
우산하고 거짓말이라고 했던 게
우리 할머니였지 아마?

거짓말은 꼭꼭 챙겼는데
우산은 아무 데나 흘리고 다녀서
후줄근하게 젖는 날이 많았네

지나가는 우산들이 죄다

잃어버린 내 우산만 같아서
아무 우산 아래나 젖은 머리를
마구 들이밀고 싶었네

한때는 검은 입으로 말해도
붉은 시가 쏟아져서
사상을 의심받던 시절이 있었네
시를 안 써도 시인 같았던 시절이었네

검정개와 흑구는 어떻게 다른가

— 스님에게 누가 물었다지

왜 그리 머리를 빡빡 미느냐고

스님 왈, 터럭이 있는 곳에는 번민이 있다고

번민을 자르려는 자 터럭부터 잘라야 한다고

하지만 터럭을 잘라도 번민은 무성한 땡초처럼

그래 잘라라! 어디 한번 잘라 봐라!

번민도 사치라서 터럭도 버려야 하는 비정규직처럼

번민이 부는 휘파람과 절규가 부는 휘파람은 어떻게 다른가

머리를 자르느니 차라리 목을 자르라던 기개와

— 자지를 자르느니 차라리 목을 자르라던 발악은

어떻게 다른가

얼마큼 다른가

칼맛

칼에도 맛이 있다네
칼이 먹음직스러워서
스윽 슥 칼 가는 소리가 먹음직스러워서
귀로 군침을 흘려 본 적이 있나?

시퍼런 칼날에 비치는
시퍼런 자기 얼굴이 먹음직스러워서
부들부들 떨면서
꼴깍꼴깍 군침을 삼켜 본 적이 있나?

시퍼렇게 날 선 얼굴로
만나는 얼굴마다 가차 없이
사선으로 칼금을 내고 싶다는 생각

물 한 방울 없는 뜨거운 숫돌에
퉤, 퉤, 침을 뱉어 가며
칼을 가는 밤
목은 왼쪽으로 40도쯤 젖히고
혀는 반쯤 빼물고 칼을 가는 밤

누군가 단칼에
내려쳐 주기를 바라는 자세로
나를 요리하는 밤

나는 한때 태양의 후예였지

신병 때 어쩌다 오발이 명중하여 사격 포상 휴가를 나왔지. 세상은 커다란 사격장, 눈앞의 모든 것들은 다 저격할 수 있다고 믿었지. 한쪽 눈만 감으면 목표물은 선명해지고 모든 것들은 눈 하나 감으면 되는 거였지. 눈 하나 감으면 못할 게 없었지. 눈 하나만 감으면 세상은 손톱만 해져서 가늠쇠 위에 얹혔지. 눈 하나만 감으면 간덩이가 배보다 커졌지. 잘나갈 때는 내 눈꺼풀에 매달리는 사람도 있었지. 눈 한번만 감아 주게! 하나만 감아도 무소불위한데, 두 눈을 다 감으면 경천동지하리라! 눈 한번 질끈 감으면 좌는 우가 되고 전은 후가 되고 상전은 벽해가 되고 나는 내가 아닐 수도 있었지. 부릅뜬 눈이나 부라리는 눈은 내 눈이 아니었지. 그러나 다 옛말, 지금은 청맹과니! 감을 눈도 뜰 눈도 없지. 웃지 마시게, 어제는 하 답답하여 티눈의 교정시력에 대해 검색해 보았다네.

22

나에게 숨다

내 그림자 뒤에 숨는다
내 눈동자 뒤에 숨는다
내 얼굴 뒤에 숨는다

내 웃음 뒤에 숨고
내 명함 뒤에 숨고
내 시 뒤에 숨는다

이젠 아무도 나를
찾아내지 못할 거야!
내 믿음 뒤에 숨는다

용케도 나를 알고
밤낮없이 쫓아오는
내 죽음 뒤에 숨는다

오래

한의원 하는 선배 왈,
모든 병은 오래에서 온단다

술을 오래 마셔서
담배를 오래 피워서

약을 오래 먹어서
화를 오래 참아서

너무 오래 앉아 있어서
너무 오래 서 있어서

너무 오래 사랑해서
너무 오래 미워해서

너무 오래
사랑도 미움도 없어서

너무 오래
내가

나여서

시인

그때는 거지가 많았어
밥때만 되면 사립문 앞에 거지가 서 있었어
그들은 지상에서 가장 힘겨운 모습으로
하루와 하루 사이를 문전에서
문전으로 이어 가고 있었어
그 거지도 그랬어
육 척의 큰 키에 사철 검은 외투를 걸치고 있었어
우리는 그를 키 큰 거지라 불렀어
밥을 달라고 구걸하는 법도
안 준다고 욕하는 법도 없었어
주인이 나오는 동안 그는 묵묵히 서 있거나
땅바닥에 무언가를 쓰고 있었어
식은 밥 한 덩이를 주면 품속 보자기에 넣으며
들릴 듯 말 듯한 소리로, 고맙습니다!
돌아서서 가는 그의 뒷모습은
그의 몸에서 나는 쉰내처럼 서러웠어
더러는 그가 공부를 너무 많이 해서
헤까닥 돌아 버린 거라고 혀를 찼고
더러는 그가 유명한 시인이었다며 킬킬거렸어
나는 그가 시인이었으면 했어

그래서 그가 앉았던 자리를 유심히 살피곤 했어
그때는 그랬다는 거지 지금 시골에 그런 거지가 어딨어?
그런데 사십 년도 더 지난 지난겨울에
고향에 잠시 들렀다가 그 거지를 만났어
울타리도 무너지고 지붕도 주저앉은
고향 집 사립문 앞에
시커먼 코트를 입은 그 거지가
유행 지난 시를 우물거리며 서 있었어
밥때도 지났는데
식은 밥 퍼 줄 엄마는 요양원에 계신데
어쩌자고 글썽이며 글썽이며 쉰내 나는
시만 우물거리고 있었어

짚신벌레

어느 시기가 되면
두 개로 나뉜다는
무성생식—

한 짝이
한 켤레가 되는
고단한 마술

누더기 발자국만
하나 더 늘어나는
가난한 사랑

딸의 문자

아빠 나
폰 고장이라 다른 번호로
문자하는 중이야
확인하면 여기로 답장 줘

하필 자식 없는 나한테
이런 스미싱 문자를 보내다니
하고 웃다가

이번 생에는 들을 수 없는
아빠라는 말에 그만
가슴이 먹먹해져서

허망한 사기 문자를
아내 몰래 몇 번이나
만지작거렸다

격리

하루 종일 천장을 보고
누웠거나 앉아 있다

역시 독방은
포상이 아니라
징벌이다

선거 유세 차량이 지나가는지
창밖이 잠시 흥겹다

열이 나고
인후가 아프고
뼈마디가 쑤신다

세상이 싫고
사람은 더 싫은데
궁금하다

다음 대통령은 누가 될까?
다음 생의 나는 뭐가 될까?

이미지

이팝꽃이 지고 있다

꽃잎이 숫눈길 위에 찍힌
새 발자국 같다

새벽길 떠나는 어미 새의
시린 발가락 같다

굶어 죽은 새의
영혼 같다

제2부

뫼비우스의 띠

어디까지가 나이고

어디서부터 내가 아닌가

발에게 묻다

상가에서
누군가 바꿔 신고 간 신발에
발을 집어넣는다

내 발은 귀신처럼 안다
아무리 비슷해도 내 것인지 아닌지

눈은 속아도
발은 안 속는다

하여 나를 여기까지 데려온
발에게 묻는다

내가 진짜인지 아닌지

이번 생이 진짜인지
아닌지

내 시가 한 번이라도
진짜인 적이 있었는지

사력(死力)

개미 한 마리가
죽은 개미를 끌고 간다

쫓기면서도 놓지 않는다
필사적이다

버리고는 갈 수가 없다는 듯
버리고 가면
살 수가 없다는 듯

죽은 개미가
산 개미를 끌고 간다

추월

1.

담쟁이덩굴이 담을 벗어나서
허공으로 달아난다

추월당한 담은
이미 담이 아니다

2.

정신없이 길을 달리다 보면
길을 추월할 때가 있다

길이 헉헉거리며
나를 따라올 때가 있다

3.

가끔은 내가 나를
추월할 때가 있다

뒤처진 내가
안 보일 때가 있다

봄밤의 보급 투쟁

새벽 산길을 따라
하얀 벚꽃이
쌀부대 터진 듯이 흩어져 있다

밤새 빨치산 몇이 다녀갔나 보다
삭은 가마니 밑이 터진 줄도 모르고
아까운 쌀을 흘리며 갔나 보다

오늘 새벽에는
어깨가 참 가벼웠겠다,
동무들―

일벌

식탁에 꿀 한 방울 흘렸다
티슈 한 장 뽑아 쓰윽 훔치려다
문득, 머뭇거린다
등굣길 교문처럼 벌통 입구에
새까맣게 몰려들던 벌 떼를 생각한다
저 한 방울의 꿀을 모으기까지
벌들은 얼마나 많은 꽃을 찾아
먼 길을 날갯짓했겠는가
부러질 것 같은 날갯죽지를 저으며
허둥지둥 저무는 집으로 달려왔겠는가
어미만 바라보고 있을 까만 눈들 때문에
오로지 그 눈빛들 때문에
입에서 단내가 나도록 달려왔을
일벌, 일벌들
평생 헤어날 길 없었던 그 일의 벌(罰)!
휴지로 닦지 못하고 손가락으로 찍어서
입으로 가져온다
절은 땀내가 난다

지구에 처음 온 짐승처럼

―

설사는 급하고 화장실은 보이지 않고
지옥으로 가는 길이 이렇게 다급할까
지옥에서 오는 길이 이렇게 몸서리쳐질까
허리는 뒤틀리고 다리는 꼬이는데
문득 밟히는 개똥 한 무더기!
아, 이 똥의 주인은 이미 해탈했겠구나
온몸이 괄약근이 되어
전생의 업까지 깨끗이 비웠겠구나
말아 올린 꼬리 밑으로
지옥의 입구를 환히 드러내놓고
사거리 빨강 신호등 아래를 유유히 건넜겠구나
무단으로 건넜겠구나
보란 듯이 보란 듯이 불법(不法)뿐인 세상을
똥개처럼 개똥처럼 건넜겠구나
불법(佛法)으로 건넜겠구나
도대체 나는 지구의 어디에 쭈그리고 앉아야
맘껏 나를 쏟아 버릴 수 있을까
신발에 튄 나를 가로수 밑동에 스윽 문대고는
저 횡단보도를 무단으로 건널 수 있을까
― 무단으로 행복할 수 있을까

똥을 한 번도 참아 본 적이 없는 짐승처럼

생각만 하는 사람

그 아이가 그를 처음 만난 건
중학교 1학년 때
교학사 필승시리즈 표지에서였네

벌거벗은 채 턱을 괴고
변기에 앉아 있는 그를

미술 선생은
'생각하는 사람'이라고 했네

필승을 위해 필승을 끼고 살던
그 아이는 훗날,
'생각만 하는 사람'이 되었다네

미식가

후배 시인이 보내 준 시집을 읽고 있다

'물기를 짜낸 걸레의 식감'이라는 구절이 나온다

갑자기 걸레가 당긴다

●물기를 짜낸 걸레의 식감: 오유균의 「데자뷰」 중에서.

슬픔으로 통하는 노선

> 거북이여! 느릿느릿 추억을 싣고 가거라
> 슬픔으로 통하는 모든 노선이
> 너의 등에는 지도처럼 찍혀 있다
> ─오장환, 「The Last Train」

그날 아침에도 시장통 난전은
목이 좋은 자리를 두고 전쟁이었다
전쟁의 포화가 미치지 않는 후미진 담벼락 아래
그 여자는 그림자처럼 앉아 있었고
좌판에는 생선 몇이 초점 없는 눈으로 누워 있었다

그때였다 사람보다 욕설이 먼저 좌판으로 뛰어들었고
생선은 놀라서 벌어진 입을 다물 새도 없었고
여자의 머리채는 우악스런 손에 잡혀서
생선 옆에 패대기쳐졌다 순식간이었다
야 이년아, 붙어먹을 데가 없어서 그놈이랑 붙어먹나!

뻔한 스토리에 낯익은 장면,
구경꾼들은 이리저리 채널을 돌려서 떠났다
나만 처음 보는 사람처럼 서 있었다

여자는 한동안 멍하니 앉아 있다가
다시 생선을 불러 모아 좌판을 펼쳤다
행인들은 거들떠보지 않고 지나쳤고
여자도 생선도 역시 행인에게 관심이 없어 보였다
며칠 뒤에 상황은 한 번 더 재현되었고,
그땐 나도 흥미를 잃었다

오늘 아침 오장환의 시를 읽다가 문득
30년도 더 지난 그 장면이 왜 떠올랐을까
그 여자는 어떻게 됐을까
어디서 역한 비린내가 난다

절도

공원에서 수국
세 송이 훔쳤네

누가 볼까 봐
심장을 졸여 가며 훔쳤네

나무라는 양심을
윽박질러 가며 훔쳤네

집에 와서 보니
내가 훔친 꽃은 없고

나를 훔친 도둑 셋이
웃고 있었네

마스크

날숨에서 가장 먼 곳에
들숨을 두고 싶었지만

날숨이 곧바로 들숨이 되어 돌아온다

호와 흡이 너무 가까워서
허겁과 지겁이 너무 가까워서
허겁지겁, 숨이 막힌다

고백도 입을 벗어나지 못하고
원망도 욕설도 입을 벗어나지 못하고

내가 뱉은 침이
정확히 나를 뱉는다

이 안에서 한때 나는 무고했다
지금 나는 무참하다

나의 가장 끔찍한 적은
나의 방패 안쪽에 있다

팬데믹

—

그러니까, 저 양반 하는 말이
네가 나의 흉기고 내가 너의 흉기라는 거지?

우리는 모두 다정한 흉기라는 거지?

숲이 불탄 뒤 드러난 시커먼 그루터기처럼 우리는
가깝고 뜨거운 피붙이

서로의 죽음을 다독여 주는
피붙이 같은 쇠붙이라는 거지?

안전하게 사랑해!
치약처럼 치정처럼 하얗게 독거품을 물고
죽을 만큼 죽일 만큼 사랑해!

마스크를 써도 다 보이는
갈라진 혓바닥처럼

마스크를 써서 더 잘 보이는
뭉게뭉게 피어나는 의심처럼

—

서로의 가슴에 조화(弔花)를 달아 주며
깍듯하게 애도해 주라는 거지?

삼가 심심한
축하를 드리라는 거지?

가시나무새

─

내 속에는 무수한 가시가 있네
나를 뚫고 나오려는 송곳이 있네

터지려는 내장들과
뿜어져 나오려는 혈액들과
폭발하려는 눈알들과

저주 섞인 타액들과
아무도 접근하지 마라
누구도 접근하지 마라
철철철 갈겨 대는 오줌들과
비명 같은 정액들과

다시는 너를 사랑하지 않으리라
다시는 너를 그리워하지 않으리라

내 속에는 너무도 많은 원수가 있네
내가 이길 수 없는 무수한 구둣발이 있네
뭉개진 담배꽁초가 있네

─

우아한 꼬리

산책길에서
죽은 생쥐를 만났다

몸통은 이미 구더기가 끓고 있었지만
길게 드리워진 꼬리는 고요했다

더 이상 도망칠 이유가 없어진 그는
태어나서 처음으로
가장 평온하게 누워 있었다

삶도 죽음도
쫓아오지 않는 자의 평화!

쫓기지 않을 때
꼬리는 가장 우아했다

제3부

스카이댄서

세속의 거리 한가운데서
두 팔을 휘저으며
쓰러질 듯 쓰러질 듯 몸부림치는
인간도 신도 아닌
텅 빈 저 거인에게서
나는 성자를 보았다

신은 콧구멍이 크다

아침부터 어느 집에선가 갈치 굽는 냄새가 구수하다
내가 학습한 이승의 냄새는 비리고 역한데
이런 냄새는 도대체 무슨 흉계인가

새벽이 쓸고 간 아파트 주차장을 내려다본다
빗자루가 무심코 흘린 쓰레기처럼
아침 개 몇 마리가 흩어져 있다

허기진 그들의 입은 아침부터 저물고
말려 올라간 꼬리 밑으로 드러난 똥구멍은 어둑하다
나는 짐짓 신의 눈으로 그들을 굽어볼 뿐

다 안다, 말하나 안 하나 다 안다
냄새만 맡아도 다 안다
네놈 속을, 네놈 똥구멍까지도 다 안다

어젯밤 벌겋게 취한 그 선배가 나한테 쏟아 낸 말이다
그도 신이었을까?

굽히다 만 갈치 한 토막이 시동을 걸고

서둘러 주차장을 빠져나가자
비릿한 냄새가 4층까지 올라온다

순간 뜨거운 해장국처럼
냄새는 이승을 회복한다

신은 콧구멍 하나로 신이다

발소리

등 뒤의 발소리는 무섭다
뒤쫓아 오는 것 같아 무섭다

뒤돌아볼 수가 없어서
더 무섭다

그런데 어느 날
어두운 골목길에서

내 발소리가 누군가를
그렇게 쫓고 있었다

맛집

이 집은 맛이 사는 집이다
맛이 사람을 홀리는 집이다

홀린 사람들이 스스로를 먹어 치우는 집이다

구불구불 줄 서서 기다리며
이빨을 쑤시고 나오는
번들거리는 포식자들의 어금니를
부러워하는 집이다

소문이 소문을 만들고
소문이 손님을 만들고

자고로, 손님 많은 집이 맛있는 법!

이 집은 싱싱한 손님으로
요리하는 집이다

아비와 신부

신부는 아직 착하고 그 아비는 여전히 늠름해서
내가 아는 마지막 부족처럼
순한 짐승의 털가죽으로 부끄럼만 가린 채
손을 잡고 이목구비들의 한가운데를 가로지른다

아, 가로지른다는 건 저런 것이구나!
저렇게 위태롭게 휘청거리고 출렁거리는 것이구나
가로지를 때 신부는 화살이 되고
가로지를 때 아비는 과녁이 되는구나

화살은 시위에서 떨고 있는데
과녁은 벌써부터 흔들리는구나

흔들리는 걸음걸이가 아비를 만드는구나
아비와 나란히 걷기 위해 자신의 바른쪽 뒤꿈치를 자르는
저 글썽이는 하얀 옷자락이 신부를 만들듯이

이목구비가 많아서 슬플 수도 없는 면사포처럼
개표하듯이 쏟아지는 저 하얀 봉투 더미가
그렁그렁한 패총(貝塚)을 만드는구나

부부

가장 날카로운 비수로

서로를 찔렀는데

분명 서로 어딘가를 깊숙이 찔렀는데

거기가 어딘지를 몰라서

아플 수가 없었다

토탈 이클립스

의심 많은 신이 한눈팔아 줄까요?
그믐처럼, 아니 월식처럼
잠시나마 눈감아 줄까요?
그러면 한 발짝 더 다가설 수 있을까요?
이렇게 살갑게 말 걸어오는
초승달 같은 여자가 있다면
나 기꺼이 신 버리겠네
그 여자 곁에 눈먼 신으로 살겠네
그대 그믐에만 뜨는 별이 되어
점자처럼 뿌려 놓은 설레는 말씀들
손끝으로 한 자 한 자 더듬어 읽겠네
한 자 읽을 때마다 그대 혀끝에
내 지문 동그랗게 찍히겠네
그러면 그대 가슴에 파문이 일어
갑자기 숨소리 거칠어지겠네
의심 많은 신이 실눈이라도 뜰라치면
그대 뜨거운 혀로 그 실눈 마저 지우겠네
그대 앞에서 나, 캄캄하겠네

필리버스터 3
—골절

팔 하나 부러지자
세상은 갑자기 쓸쓸한 오지(奧地)
한 손으로 겨우겨우 세수는 하였으나
로션 한 방울 찍어 바를 수가 없고
목맬 넥타이 올가미 하나 제대로 만들 수가 없고
약속 시간은 다 돼 가는데 양말은
발가락 다섯을 받아들이지 못하네
인공수정사는 팔 하나로도
뭇 암소들의 서방 노릇을 하고
어떤 권투 선수는 벙어리 주먹 하나로도
제 이름을 목 놓아 부르는데
나는 손목 하나 부러뜨려
세상 바깥으로 내쳐지네
깁스한 팔목을 치켜들고
에라이, 엿 먹어라!
목욕탕 시멘트 굴뚝처럼
주먹떡 한 번 먹이자 수백 개 주먹떡이
화살처럼 돌아오네

필리버스터 8
―끝말잇기

―

1.

바람이 분다
귀가 시리다
귀를 버린다

바람이 분다
코가 시리다
코를 버린다

바람이 분다
가슴이 시리다
가슴을 버린다

2.

가로등 밑으로
분리수거 통 아래로
하수구로 골목으로
몰려간다

―

버려진 것들끼리
잠시 뭉쳤다가
다시 서로를 버리면서

3.

귀도 코도 없는 내 앞에
가슴이 뻥 뚫린 여자가 다가와서
배시시 웃고 있다

어, 저 웃음은 언젠가 내가
그녀한테 버린 건데?

필리버스터 11
—시(詩)

—

저걸 가려움이라고 하면
손톱을 부르는 가려움이라고 하면 안 될까?

회칼을 부르는 생선이라고 하면 안 될까?

도끼를 부르는 장작이라고 하면,
너덜거리는 장작의 갈피에 지루한 말씀처럼 붙어 있는
옹이라고 하면 안 될까?

뭇 사내의 눈알을 주렁주렁 매달고도
횡단보도를 팔랑팔랑 건너가는
망사 스타킹이라고 하면,

밤새도록 긁어도 새벽이 안 보이는
즉석복권이라고 하면
안 될까?

—

누향(淚香)을 마시다

—선향다원에서

향은 눈물로 만들어진다는 걸
가장 참담한 눈물이
가장 곡진한 향을 낸다는 걸
알지 못했었네, 그 아이를 보기 전에는
선향다원의 뇌성마비 그 딸아이를 보고서야
이 지극한 향의 출처를 알았다네
사지가 오그라든 딸아이를 들쳐업고
등굣길을 달음질치던 그 아비를 보고서야
코끝에 스며드는 이 비릿한 것이
이 집 차향(茶香)이란 걸 알았다네
뜨거운 물 부으면 다관 속의 그 아이
찻잎처럼 오그라든 몸 펴고 비로소 기지개를 켜지
쳐다보는 눈빛과 굽어보는 눈빛 사이에서
안개처럼 뿌옇게 흐려지는 것,
그게 향이란 걸 이제 겨우 알았다네
드시게, 이 뜨거운 눈물차 한 잔!

다다다다 그 여자

—구룡포에서

딱 그만, 헤어지고 싶었네 그 여자
하나 둘 셋 하면
뼛속까지 다 나오는 엑스레이처럼
십 원짜리 비밀도 숨길 수 없었네 그 여자
토요일 오후의 보건소처럼
만나면 할 말이 없었네 그 여자
헤어져도 할 말이 없었네 그 여자
이것도 연앤가, 슬금슬금 검은 안개가 피어오르면
어김없이 엑스레이는 눈꼬리를 곤추세우고
나는 민방위 훈련하는 동사무소처럼
괭이갈매기에게 괜히 경보만 발령했네
일 년 열두 달 해가 지지 않는 그 여자
딱 구룡포쯤에서 헤어지고 싶었네
일몰처럼 손 한번 크게 흔들어 주고
바닷속으로 사라지고 싶었네 그 여자
지금 부엌에서 다다다다 칼질하고 있는,
저 여자!

정리

신발장을 정리한다
버리지 못한
낡은 신발이 대부분이다

오늘은 이 신발을 꼭 버려야지
뒤축 닳고 옆구리 터진
이 운동화를 버려야지

뒤꿈치도 새고
발가락도 새는
빗물도 새고 기억도 새는
이 구두를 버려야지

이 샌들도 버려야지 하면서도
다시 꿰신고 목욕탕을 간다

오늘은 이 인간도 버려야지
하면서 거울을 본다

첫 시집

이를테면 이것은 일종의 명함이었지
밤새워 누군가의 명함에 밑줄을 긋고
베껴 쓰고 외우다 보면
내게도 그럴듯한 명함 하나 생긴다고

좋은 명함은 철저한 복습과
예습에서 나온다고
명함 하나 없는 국어 선생은
그때 그렇게 가르쳤지

명함이란 때로
어두운 골목길에서
불쑥 들어오는 과도(果刀)처럼
재판도 없이 형량을 고지한다고
명함 때문에 골병든
선배는 또 그렇게 가르쳤지

죄를 짓는 데도 충분한
예습과 복습은 필요했지
어느 날 명함을 찍었더니

거기에는 미숙하고도
뻔뻔한 죄목으로 빼곡했지

다행히 절판되어 금세 잊혔지만
그 명함은 나를 놓아주지 않았지

작년에 부는 바람처럼

할 수만 있다면 한 백 년쯤
나도 저렇게 살고 싶지

평사리 백사장에 눈먼
낚싯대 하나 꽂아 놓고
밑 빠진 독에 물이나 부으면서
잡초나 무성하게 키우면서

일 년 치 봉급,
사흘 만에 탕진하고

빈 호주머니에 두 손 찌른 채
섬진강 은어 떼나 굽어보고 서 있는
저 벗나무들처럼

제4부

무슨 꽃 모가지를 꺾어 왔기에

꽃은 지기 때문에 비로소 꽃이다

앉기 위해서 새는 날고
멈추기 위해서 차는 달리고
돌이 되기 위해서 구름이 된다면,

웃기 위해서 울음부터 배우는 아기여!

무슨 꽃 모가지를 꺾어 왔기에
죽음이 쫓아오는가?

라면을 끓이며

라면을 끓이고 있는데
단톡방에 부고 문자가 떴다

아직 2분을 더 끓여야 하는데
그새 누군가는 생을 버렸다

삼가 조의를 표해야 하는데
고인의 얼굴도 상주의 얼굴도
기억이 나지 않는데

그래도 조의를 표해야 하는데
라면은 좀 더 끓여야 하는데

마음을 얼마나 전해야 할지
전하긴 해야 할지
전할 마음이 있기나 한지

삼가 고인의 명복을 빕니다
삼가 고인의 명복을 빕니다
......

카톡카톡카톡……

삼가 카톡은 쉼 없이 끓고 있는데

계란은 언제쯤 넣어야 할지

마지막 손님

아내는 친정에 가자마자
냉장고 문을 열어 보고 또 난리다

왜 지난가을에 갖다 놓은 배를
안 먹고 이렇게 썩혀서 버리느냐고
이게 돈이 얼마짜린데
엄마 준다고 특별히 비싼 걸 샀는데

불쑥 손님 들이닥칠까 봐
아껴 둔 거란다

종갓집 맏며느리였던 장모님은
무시로 들이닥치는 손님들 치르는 일로
당신의 젊은 날을 다 보냈다
낮이든 밤이든 한 상 가득
밥상이며 술상을 차려 내야 했다

엄마, 이젠 손님 안 와!
우리 말고 올 손님이 어딨어?
나하고 김서방이 제일 큰 손님이야!

장모님은 못 들은 척
썩은 배만 쓰다듬고 있다

당신이 기다리는 마지막 손님은
아직 안 왔다는 듯이

바늘구멍 사진기

마당 빨랫줄에 누래진
장모님 난닝구가 걸려 있다

벌레 먹은 누런 콩잎처럼
구멍이 숭숭 뚫려 있다

빨랫줄에 걸렸으니 옷이지
걸레도 저런 걸레가 없다

찔리고 또 찔린
만신창이다

식은 밥 한술 뜨고
종일 콩밭에서
호미로 뚫고 뚫은

바늘구멍 사진기다

구멍마다 거꾸로 선 풍경
저승 가는 길이 어지럽겠다

저문다는 말

저문다는 말에는 땅거미가 지지
나를 지나 내 뒤쪽으로 뒤뚱뒤뚱 사라지는
털이 부숭부숭한 거대한 거미가 있지

저문다는 말에는 발소리가 들리지
발자국은 없고 발소리만 들리지

멀고 먼 북천의 언저리에서
되새 떼처럼 내려와 수런거리다가
귀 기울이면 감감해져 버리는
자박자박 흙마당 밟는 소리 들리지

저문다는 말에는 거지가 있지
부르는 것도 아니고 안 부르는 것도 아닌
혹시나 싶어 사립문 열고 내다보면
식은 밥처럼 서 있는 내가 있지

저문다는 말에는 엄마가 있지
막내를 부르는 엄마의 꼬리 긴 모음이 있지
모음만 있지 아야 어여 날은 저문데

빈방

마침내 어머니는
요양원으로 떠나고

너덜너덜한 한 토막
베개만 남았다

거두절미해 버린
생애 같다

망할 놈들—
원망 같다

타다 만
숯덩이 같다

아직도 피식피식
연기가 나는 것 같다

눈이 매워서
얼른 문을 닫는다

새벽 개미

　새벽꿈에 요양원에 계신 엄마를 보았다. 꿈속에서 엄마는 치매도 없고 건강했다. 나는 비를 들고 개미가 줄지어 다니는 방바닥을 쓸었다. 쓸어도 쓸어도 개미는 기어 나왔고 쓸어 담은 개미는 마당에다 털었다. 밖에는 비가 내리는데도 시퍼런 불길이 치솟았고 버린 개미는 방으로 다시 기어들어 왔다. 엄마는 빗물에 적신 비로 개미를 쓸어서 방문에다 풀칠하듯이 발랐다. 개미는 텅 빈 문살에 거미줄처럼 발렸다. 문살에 개미를 바르자 방바닥에는 개미가 사라졌다. 마당에도 개미가 보이지 않았다. 번들거리는 마당으로 개미 대신 시퍼런 불길이 달려오고 있었다. 얼굴이 후끈했다. 놀라서 잠이 깼다. 아, 꿈이었구나! 젖은 개미 떼가 지나간 듯 온몸에 소름이 돋았다. 불면증 심한 아내는 겨우 잠들었는지 가늘게 코 고는 소리가 들렸다. 방금 전 꿈에서 보았는데도, 엄마의 얼굴도 목소리도 옷차림도 도무지 기억나지 않았다. 요양원에 밤새 무슨 일이 생겼을까? 어둠 속에서 휴대폰 불빛이 시한폭탄처럼 깜박거렸다. 내 더듬이는 자꾸 불길한 쪽으로 뻗어 가고 있었다.

초점

오늘도 초점 없는 눈이
뉘시오 하는 표정으로 나를 바라본다

나도 초점이 잡히지 않는 눈으로
엄마를 마주 본다 나를 보는 엄마도
엄마를 보는 나도 초점 바깥에 있다

초점 안에서 뜨겁던 옛날이 꿈같다

아버지도 나도 뜨겁던 그때,
밥 먹다가도 밥그릇이 날아다니던 그때,
눈빛만 마주쳐도 불이 붙던 그때,

식식거리며 시커멓게 탄 가슴으로
사립문을 박차고 나오던 그때,

등 뒤에서
박살 난 그릇들을 주워 담던
그때 엄마의 눈빛도 저랬을까
저렇게 초점 바깥에 있었을까

지금 뛰쳐나간 게 뉘요
하는 눈빛이었을까

그때 깨진 초점이 아직도 저러고 있을까

나는 시방 위험한 짐승이다

―

엄마 계신 요양원을 찾아간다
주차장에서부터 구린내 난다
냄새는 솔직하다
나도 모르게 코를 움켜쥔다
솔직한 것들은 당황스럽다

코로나 땜에 위험하다고
거리를 두어야 한다고 멀찍이서
꺼져 가는 어미를 바라만 보란다

아, 어떻게 바라만 보는가
아직도 나는 젖 냄새에 울부짖는
한 마리 늙은 포유류일 뿐―

엄마는 짐승처럼 소리 지르며
가까이 다가오라고 손짓한다
갈 수 없다! 자식은 시방 위험한 짐승이다
휠체어를 부수려 드는 어미도 위험한 짐승이다

―

요양사는 서둘러 휠체어를 돌려서

무덤 속으로 사라진다
울부짖는 어미 소리가 악취처럼 날카롭다
나는 망연히 한 덩이 식은 밥처럼 서 있다

가져간 바나나가 거뭇거뭇 썩고 있다
검버섯 핀 노란 손이 나를 움켜쥐고 있다
붙잡은 손목을 자르고 돌아선다

마스크를 벗어도 숨이 막힌다

●나는 시방 위험한 짐승이다: 김춘수의 「꽃을 위한 서시」에서 가져옴.

섬

치매와 치매 사이에는
섬이 있다

주름진 섬들이
저무는 석양을 배경으로
떠 있는 다도해

한 방에 누워 있는
옆의 섬과는
인사도 나눈 적이 없는

옆에 섬이 있는지조차도 모르는

장기요양 1등급의
기저귀 찬 무인도들

구린내 나는
그 섬에 가고 싶다

지레

지친 벌 한 마리가
슬레이트 지붕을 건너다가
기진해서 멈춰 있었다

다가가도
자포자기

그는 쏠 수가 없는데도
나는 손을 내밀 수가 없었다

그렇게
내 아버지를
보낸 적이 있다

피안의 새

섬진강 둑길을 걷다가 참새 떼를 만났다
무더기로 날아올랐다가 무더기로 내려앉는 모습이
어디서 본 듯 낯익다
자갈을 한 삽 퍼서 휙 던지는 것 같은 저 모습
맞다! 국민학교 때 하굣길에 보았지
그때 신작로는 자갈이 깔린 비포장길
동네 어른들이 부역을 나와서 길가로 밀려난 자갈을
삽으로 퍼서 길 안쪽으로 저렇게 던졌지
삽자루 아래께에 새끼줄을 두 가닥 묶어서
한 삽 가득 뜨면 두 사람이 앞에서 당겼지
그때 자갈 날아가는 모습이 꼭 저랬지
신작로를 따라 하얗게 늘어선 사람들이
운동회 날 매스게임하듯이 같은 동작으로
저렇게 참새 떼를 퍼서 날렸지
그때 아버지가 날린 참새 떼가 그날처럼
내 앞에서 무더기 무더기 삽질을 했다
찍으려고 살그머니 폰을 꺼내자 그만 다 날아가 버렸다
새 떼는 강 저편 기슭으로 날아가 버리고
삼십 년도 전에 돌아가신 아버지만 남아서
엉거주춤 폰을 들고 서 있다

어디에다 전화를 하려는 사람처럼

걸려 올 전화가 있어서 기다리는 사람처럼

뭐라고 불러야 하나

엄마 쓰던 호미가 헛간에 걸려 있다
호미 날이 다 닳아서 자루만 남았다
제 쓸모의 끝까지 온 저걸
농기구라고 부를 수 있나?

이승에서의 역할을 다하고
요양원에서 한 그루
식물이 되어 가는 내 엄마를
뭐라고 불러야 하나?

호박잎 수의

저 꺼끌꺼끌한 호박잎으로
내 수의 한 벌 지었으면 좋겠네

한여름 보리밥 같은 이번 생,
쌈 싸듯이 둘둘 말아 줄 넉넉한
수의 한 벌 지었으면 좋겠네

수의에는 왜 호주머니가 없을까?

애호박도 늙은 호박도 다 가려 주는
호박잎의 저 텅 빈 오지랖─

헤벌쭉 허수아비가 입고 있는
유박 비료 부대 같은

저런 수의 한 벌 지었으면 좋겠네

소원

─

우리 할매
살아생전 소원이었네

꽃 피고 새 울 적에
새 울고 꽃 필 적에

자는 듯이 죽었으면—
자는 듯이 죽었으면—

이 소원마저도
이루어지지 못했네

호박밭의 꿀벌, 그리고 궁녀 운영

변종태(시인)

我上朝元春半老

滿地落花無人掃

아침에 조원각에 올라 보니 봄이 반은 지나고

지천으로 널린 낙화는 쓰는 이가 없네

―소동파(蘇東坡),「여산(驪山)」에서

*

어느 날 김 진사가 내게로 왔다. 벼루를 준비하라고 했다. 걸쭉하게 갈린 먹물을 듬뿍 찍어 글자를 쓰기 위해 붓을 들어 올렸다. 곁에서 먹을 갈고 있던 내 손등에 먹물이 튀었다. 지워지질 않는다. 김 진사의 옆얼굴을 보다 보니 손등에 튄 먹물은 기억의 저편으로 스며들고 만다. 오늘 밤은 운영이나 되어 볼까?

97

호박벌도 아닌 것들이 호박밭을 날아다닌다. 호박꽃이 간지럽다고 웃는다. 넌 꿀벌일 뿐이야. 지난해 세계적으로 78억 마리의 벌들이 사라졌다고 한다. 전 세계 식량의 90%를 차지하는 100대 농작물 중 70%가 꿀벌을 포함한 곤충의 수분 활동에 의존해 생산되고 있다. 지구상의 벌이 사라진다면 모든 식자재 가격은 기하급수적으로 오르고 인류의 생존도 큰 위협을 받게 될 것이다.

그래, 그러한 까닭에 너희가 오늘 호박밭을 서성이는 것을 용서하기로 한다. 호박벌이 아니어도, 호박꽃의 옆구리만 간질여도 용서하기로 한다. 너희가 내 생명의 마지막 끈이기에 오늘은 너희의 호박밭 산책을 용서하기로 한다.

'생뚱맞다'는 말을 떠올린다. '하는 행동이나 말이 상황에 맞지 아니하고 매우 엉뚱하다'는 의미인데, 나는 시집의 원고를 읽다 말고 왜 고전소설 「운영전」과 꿀벌의 이야기를 꺼내 들었을까. 그것도 비운의 사랑으로 생을 마감한 여인 운영을. 어쩌면 이 둘의 상황이 지금, 이 글을 쓰고 있는 나의 처지와 매우 유사하기 때문이 아닐까.

김 진사가 보내온 원고 60편의 시를 차례로 넘기다가 긴 한숨을 쉰다. 내가 지금 왜 이 시들을 읽고 있는 걸까. 어쩌면 나는 꿀벌 주제에 커다란 호박꽃 속을 들락거리고 있는 것은 아닐까. 깜냥이 안 되면 받아들이지 말았어야 하는데,

김 진사의 고집이 만만찮다. 평소에 글빚을 진 것이 문제다.

그럼에도 불구하고 일필휘지(一筆揮之)하는, 김 진사의 먹물은 내내 페이지를 넘기는 손등으로 튄다. 이러다가 온통 두 손에 먹물이 들겠다. 김 진사를 만난 지는 꽤 되었다. 바다로 갈린 주거 환경이 절대적 벽이 되어 버린 것은 아닌가 싶다. 그럼에도 불구하고 어째서 오늘 김 진사는 오늘도 내 손등에 먹물을 튕기는가.

*

나는 지금 누구의 얘기를 하는 것인가. 내 얘기를 하는 건지 김 진사의 얘기를 하는 건지. 내가 물 건너에서 그리워하는 김 진사를 그리워하는 건지 내 안에 저장된 김 진사를 그리워하는 건지. 김 진사가 기억하는 것은 자필로 그리움을 써 보내던 나인 건지 물 건너 언덕에 오도카니 서 있는 나인 건지.

*

김 진사와의 인연을 '말하자면 길지만' 여기서 실토할 일은 아니니 접어 두기로 한다. 말을 길게 하다 보면 하지 말아야 할 말까지 덧붙이게 되는 까닭이다. '말하자면 길지만'.

*

시인은 시를 쓰거나 읽음으로써 시인이고, 시인은 스스로 시인다움을 지니고 있으며 시집을 통해 시인에게 다가

서면 시인의 실체를 알아낼 수 있으리라 생각했던 시절이 있다. 하지만 시인도 광합성을 하거나 탄소동화작용을 한다면 어떨까. 시인도 꽃을 피우고 열매를 맺고 온갖 동물과 새들을 불러 모아 그들을 먹여 살릴 수 있다면 어떨까.

혹시 김 진사도 광합성을 하고 탄소동화작용을 할까. 광합성을 하고 나면 일상의 언어가 시의 언어로 화학적 변화를 하는 것은 아닐까. 인간은 '말'을 통해 의미를 생산한다. 이렇게 생산된 의미는 아주 짧은 '말'로 공유, 학습, 전달, 기억될 수 있다.

*

이 시집의 전반에는 '말'에 대한 깊은 고민이 깔려 있다. 지금까지 김 진사의 '말'과는 다른 결의 말. 이런 의미에서 시집의 서문은 가볍게 읽히지 않는다. '말'은 누가 해도 객관적인 의미를 표현하게 되겠지만, '말씨'라고 하면 그 말을 사용하는 사람에 따라, 지역에 따라, 나이에 따라 전혀 다른 결을 보이게 된다.

'말씨'라는 단어를 '말 + 씨'로 풀이해서 말의 씨라고 하는 경우가 많다. 하지만 '말씨'는 '말 + 쓰- + -이'의 결합으로 만들어진 단어다. 말이 쓰이는 모양새라는 의미일 것이다. 과거 김 진사의 말씨와 이번 시집의 말씨는 사뭇 다른 모습을 보인다.

오랫동안 말을 비틀기만 했다.

그래야 시가 된다고 믿었으니까.

이번에는 그 믿음을 허물고 말을 폈다.

펴놓고 보니 마른걸레처럼 볼품없다.

이것으로 무엇을 훔칠 수 있을까.

—「시인의 말」

영국의 선비 밀(John Stuart Mill)이 말한 '두 종류의 시(The two Kinds of Poetry)' 중에 '문화에 의해 만들어진 시(poetry of mere culture)', 즉 지식과 기술로 쓴 '문명적인 시'를 지양하겠다는 말로 들린다. 다시 말해, 이미지를 강화하고 시적 대상과의 거리를 좀 더 넓히고 과잉된 정서를 덜어 내는 방식의 시 쓰기를 지양하고, '천성적인 시(poet by nature)', 즉 서정시 본래의 맛을 살리는 방향으로 가겠다는 일종의 '선언'이랄까.

"그래야 시가 된다고 믿었"단다. "말을 비틀"면 시가 된다는 믿음을 유지해 오던 김 진사의 생각이 바뀐 이유가 무엇일까? 몽테스키외(Montesquieu)의 언술에서 그 힌트를 찾아보면 어떨까. "이야기란 결국 대화이며 사랑이며 교감이다. 인간은 생각하는 것이 적을수록, 더욱더 말이 많아진다." 말이 비틀릴수록 말이 품고 있는 촉촉함은 말라 버리고 건조한 질감만 남는다. 김 진사는 "펴놓고 보니 마른걸레처럼 볼품없다"라고 하지만, 펴놓으면 말의 촉촉함이 독자들의 가슴을 적셔 주리라. 그렇게 내 손등에 튄 먹물이 촉촉이 피부에 스며든다.

*

그런데 말을 할 수 있다는 것은 행복일까, 불행일까.

    북쪽의 어느 부족은 구사하는 낱말이 몇 개밖에 안 된대요. 아프다는 말도 그들의 사전에는 없대요. 가슴이 찢어질 듯이 아파도 아플 수가 없대요. 낭떠러지에서 떨어져도, 사냥 나간 가족이 죽어도, 사랑하는 사람과 헤어져도 그들은 바위에 걸터앉아, 오늘따라 왜 이리 숨쉬기가 힘들지? 왜 이리 어지럽지? 왜 이리 살고 싶지가 않지? 자신의 가슴팍만 두드린대요. 피눈물이 흘러도 가슴이 미어져도 그들은 전혀 아프지가 않대요. 아무도 아프지 않아서, 누구도 아픈 적이 없어서 병원도 신(神)도 필요가 없대요. 신이 없으니 영혼을 거두어 줄 자가 없어서 죽을 수도 없대요. 죽은 적이 없으니 산 적도 없대요. 살아도 산 것 같지 않고 죽어도 죽은 것 같지 않대요. 북쪽의 어느 부족은 아프다는 말이 없어서 그들은 어느 하루도 아프지 않은 날이 없대요. 그들은 어느 하루도 북쪽 아닌 날이 없대요.

―「북천」 전문

    동양에서 방향의 상징성은 의미가 심장하다. '동=부자, 서=가난, 남=장수, 북=단명'이라고 한다. 물론 민간신앙에 근거한 것이고, 아파트 중심의 주거 방식이 보편화된 현대사회에서는 그리 설득력이 없을 수도 있겠지만, 동향이나 남향집을 선호하고, 서향이나 북향을 꺼리는 풍습이 있다.

심지어 잠자리에서마저도 머리를 서쪽이나 북쪽을 향해 눕히지 말라고도 한다.

'북천'은 김 진사가 사는 마을이다. 굳이 자신이 사는 마을에서 죽음을 떠올리는 것은 무슨 까닭일까. '북쪽'이라는 방향은 '죽음'을 의미하기에 자연스레 "사냥 나간 가족"의 죽음을 떠올린다. 이곳에 사는 사람들은 사용하는 단어가 지극히 적어서 세세한 감정을 일일이 표현할 수 없다. 심지어 "아프다"는 말도 없어서 가족의 죽음에 가슴 아파할 수도 없다.

굳이 비틀지 않은 말, 가슴이 저릿해지는 이 시를 읽다가 한참 동안 염천의 하늘을 올려다봤다. 푸르다. 저들 부족에게는 '푸르다'는 말도 없을 것이다. '하늘이 참 푸르구나' 대신에 '산 열매가 잘 익고 있겠네' 정도로 표현하는 것은 아닐까. 세세한 사정을 자세히 표현할 수 없으니 얼마나 답답할까. 그런데 자세히 표현해 본 적이 없으니 답답한 마음은 들지 않을 수도 있겠다.

비트켄슈타인식으로 말한다면 언어의 한계는 인식의 한계이다. 인식하는 것은 언어로 표현할 수 있지만, 언어로 표현할 수 없는 것은 인식할 수 없다고 말할 수 있다. 따라서 저들 부족은 가급적 인식을 자제하고 있는 것은 아닌가 싶기도 하다.

한때는 검은 입으로
시를 말하던 시절이 있었네

오디 먹은 입처럼 시를 담았던 입을

숨길 수가 없었던 시절이 있었네

시를 안 쓰면 검게 마르던 시절이었네

—「말하자면 길지만」 부분

김 진사가 몰아대는 말의 종류는 참으로 다양하다. 그동안 자신이 뱉었던 시에 대해, 휘날렸던 먹물에 대해 뭔가 자성하는 목소리를 내기도 한다. "검은 입으로/시를 말하던 시절"은 "시를 안 쓰면 검게 마르던 시절"이었다. 그야말로 시가 생의 전부인 듯 말들을 몰아 하동에서 북천을 출발해서 대한민국의 산과 들을 내달렸을 것이다.

탈무드의 표현대로, 남의 입에서 나오는 말보다 자기 입에서 나오는 말을 잘 듣는 경지에 이른 것일까. 그동안 김 진사의 시에 대한 세간의 평판은 많은 선비들의 부러움의 대상이 된 것도 사실일진대, 정작 자신은 지금까지 써 온 시의 반성문을 쓰고 있다니("다행히 절판되어 금세 잊혔지만/그 명함은 나를 놓아주지 않았지", 「첫 시집」) 그동안 부렸던 말들을 마구간에 가두려는 것일까, 아니면 광활한 초원에서 방목하고자 하는 것일까.

저문다는 말에는 땅거미가 지지

나를 지나 내 뒤쪽으로 뒤뚱뒤뚱 사라지는

털이 부숭부숭한 거대한 거미가 있지

저문다는 말에는 발소리가 들리지
발자국은 없고 발소리만 들리지

멀고 먼 북천의 언저리에서
되새 떼처럼 내려와 수런거리다가
귀 기울이면 감감해져 버리는
자박자박 흙마당 밟는 소리 들리지

저문다는 말에는 거지가 있지
부르는 것도 아니고 안 부르는 것도 아닌
혹시나 싶어 사립문 열고 내다보면
식은 밥처럼 서 있는 내가 있지

저문다는 말에는 엄마가 있지
막내를 부르는 엄마의 꼬리 긴 모음이 있지
모음만 있지 아야 어여 날은 저문데

─「저문다는 말」전문

　　사전에 따르면 동사 '저물다'는 '해가 져서 어두워지다', '계절이나 한 해가 거의 다 지나게 되다' 혹은 '어떠한 일이 날이 어두워질 때까지 늦어지게 되다'의 의미를 가진 말이다. 하지만 김 진사는 이 단어 안에서 '거미'를 보고, '발소리'를 듣고, '식은 밥'을 보고, '어머니의 목소리'를 듣는다. 한 단어에 스며 있는, 해 질 녘이면 떠올리게 되는 다양한

모습과 냄새들을 세필(細筆)로 그려 낸다.

그런데 "혹시나 싶어 사립문 열고 내다보면/식은 밥처럼 서 있는 내가 있지"를 읽다가 목이 턱 막힌다. 이 시는 자전적 화자를 통해 발화되고 있는데, 위의 부분에서는 화자의 분리 현상을 볼 수 있다. 화자가 집 안에 있다가 기척을 느끼고 "사립문 열고 내다보"니 또 다른 '내'가 "식은 밥처럼 서 있"다. 표면적 화자는 자전적 화자로서 현실적 자아라면, 문밖에 서 있는 '나'는 내면적 자아로 보인다. 뭐 그리 잘못한 것이 많길래 김 진사는 이다지 반성문을 써 대는 것일까(「시인」, 「말하자면 길지만」, 「나에게 숨다」, 「발에게 묻다」, 「미식가」, 「슬픔으로 통하는 노선」).

*

김 진사의 말은 현실의 갑갑함을 찌르는 가시가 되기도 한다. 인간이 정치적 동물이라고 하지만, 가급적 정치와는 거리를 두고, 정치적 발언을 삼가는 김 진사가 얼마나 현실이 갑갑했으면 정치를 시적 대상으로 삼았을까 싶기도 하다. 물론 김 진사는 현실 정치에 대해 직접적이고 노골적인 발언은 자제하면서 묵직한 비판을 던진다.

저걸 가려움이라고 하면
손톱을 부르는 가려움이라고 하면 안 될까?

회칼을 부르는 생선이라고 하면 안 될까?

도끼를 부르는 장작이라고 하면,

너덜거리는 장작의 갈피에 지루한 말씀처럼 붙어 있는

옹이라고 하면 안 될까?

뭇 사내의 눈알을 주렁주렁 매달고도

횡단보도를 팔랑팔랑 건너가는

망사 스타킹이라고 하면,

밤새도록 긁어도 새벽이 안 보이는

즉석복권이라고 하면

안 될까?

―「필리버스터 11―시(詩)」 전문

　'필리버스터(filibuster)'는 합법적 의사진행 방해로서, 의회에서 다수당이 수적 우세를 이용해 법안이나 정책을 통과시키는 상황을 막기 위해 소수당이 법률이 정한 범위 내에서 의사(議事)의 진행을 방해하는 행위를 말한다. 말꼬리를 붙들고 대잔치를 끊임없이 이어 가는 것을 보며 국민은 시원함보다는 갑갑함을 느끼고, 우리 정치의 후진성에 대해 절망하게 된다.

　김 진사는 이것을 '손톱, 생선, 장작, 옹이, 망사 스타킹, 즉석복권'으로 병치하고 있다. 손톱은 답답함과 가려움을 긁어 줄 수도 있지만, 우리나라의 정치 현실에서 행해지는 필리버스터는 "회칼을 부르"거나 "도끼를 부르"거나 "새벽이 안 보이는" 답답함과 무대책의 행위가 되고 있음을 연작을 통해 꼬집고 있다(「필리버스터 3—골절」, 「필리버스터 8—끝말잇기」).

*

김 진사가 풀어놓은 말들은 비단 자신의 과거를 되짚는 것들만은 아니다. 말을 가지고 대상을 풀어내던 그의 이번 시집은 다분히 직관적으로 채워지고 있다. 이 부분에서 아인슈타인의 언술들이 떠오른다.

> 언어라는 것, 글로 된 것이건 말로 된 것이건 간에 언어는 나의 사고 과정 안에서 아무런 역할도 하지 못하는 것으로 보인다. 사고 과정에 필수적인 역할을 수행하는 심리적인 실체들은 일종의 증후들이거나 분명한 이미지들로서, 자발적으로 재생산되고 결합하는 것들이다. 내 경우에 그 요소들이란 시각적이고 때로는 '근육까지 갖춘 것'들이다.
>
> —아인슈타인

또한 아인슈타인은 "과학자는 공식으로 사고하지 않는다"고 말한다. 같은 방식으로 김 진사의 이번 시집을 '시인은 시론으로 시를 쓰지 않는다'로 표현하면 되겠다. 그의 이번 시집이 예전의 시집들과 다른 점은 직관적 사고 과정을 거친 시들이 주류를 이루고 있어서일 것이다.

깜짝 놀란 내가

짧게,

비명을 지르자

그는 얼마나 놀랐던지

기다란

비명을 물고

다음 비명까지

가 버렸다

— 「뱀」 전문

갑자기 눈에 띈 뱀 때문에 '짧은 비명'을 지르자 "기다란/비명"을 물고 "다음 비명"으로 건너갔다는 말은 무슨 의미일까. 누구도 느닷없이 만난 뱀에 놀라지 않을 수는 없을 것이다. 이 시에서 놀란 것은 화자만이 아니다. 뱀 역시 '나' 때문에 놀라 달아난다. 그리고 또 다른 누군가도 뱀을 본 순간 짧은 비명을 지를 수밖에 없다. 다음 비명이 있을 때까지 뱀은 무사할 것이다.

뱀은 일반적으로 파괴와 죽음, 유혹, 원죄 등을 상징하는데, 이렇게 부정적인 상징성은 서양에서 비롯된 것이다. 반면에 뱀은 부활과 재생, 시간의 순환, 질병 치유와 현자의 표지처럼 긍정적 상징으로 읽히기도 한다. 하지만 김 진사는 판단중지 상태인 뱀을 독자들 앞에 제시할 뿐이다.

*

김 진사의 붓질에 너무 많은 말을 덧붙인다 싶다. 말이 달린다. 한라산 중턱 드넓은 초원을 가로질러 말이 달려온다. 기다란 갈기를 휘날리며, 거친 바람을 가르며 수십 마리 말들이 내게로 달려온다. 김 진사가 풀어놓은 말(言)들이 바람보다 더 센 바람을 일으키며 내게로 달려온다. 섬진강에서 풀린 말들이 제주해협을 건너 한라산 중턱의 초원지대를 달리고, 오름의 사이사이를 누빈다. 봉긋한 오름 사이로 칠월의 보름달이 블루문으로 떠오른다. 김 진사의 말들은 오름 사이 초원의 푸른 달을 뜯으며 푸들거린다. 말(言)에서 말(馬)로 싱싱하고 푸르게 귓전을 타고 흘러 가슴으로 흘러든다.

김 진사가 풀어놓은 말(言) 떼의 힘찬 소리를 호박밭에 닝닝거리는 꿀벌의 목소리로 읽은 것은 아닌지 저어된다. 그럼에도 불구하고 손에 묻은 먹물은 오래도록 지우지 못할 듯하다. 아니 지워지지 않을 것이다. 언제 다시 김 진사의 곁에 무릎을 꿇고 먹을 갈 날이 올 것인가. 새파란 하늘 상현 반달이 눈을 껌뻑이며 서(西)으로 걸음을 재촉한다.